兔子的婚禮

兔 子 的 婚 禮

The Rabbits' Wedding

哥斯·威廉士 Garth Williams —— 文·圖　馮季眉 —— 譯

在ㄗㄞ一ㄧ座ㄗㄨㄛ很ㄏㄣ大ㄉㄚ很ㄏㄣ大ㄉㄚ的ㄉㄜ森ㄙㄣ林ㄌㄧㄣ裡ㄌㄧ，
住ㄓㄨ著ㄓㄜ兩ㄌㄧㄤ隻ㄓ小ㄒㄧㄠ兔ㄊㄨ子ㄗ，
一ㄧ隻ㄓ白ㄅㄞ兔ㄊㄨ，一ㄧ隻ㄓ黑ㄏㄟ兔ㄊㄨ。

每天早晨，他們睡醒了，
就蹦跳著起床，來到草地上，
迎接剛露臉的陽光。

他們很喜歡整天和對方快樂的玩在一起。

白兔說：「我們來玩跳馬背，好不好？」
黑兔說：「好啊！」

1，2，3，起步跳！黑兔跳過白兔的背。
接著輪到白兔。

1，2，3，起步跳！
白兔從黑兔身上跳過去。

玩一玩，黑兔坐著不動了，看起來很憂愁的樣子。

「你怎麼了？」白兔問他。
「沒什麼，我在想事情。」黑兔回答。

接著，他們在開滿金鳳花和白雛菊的草地上玩躲貓貓，又比賽找橡實。

玩一玩，黑兔突然坐著不動了，看起來很憂愁的樣子。

「你怎麼了？」白兔問他。
「沒什麼，我在想事情。」黑兔回答。

接著，他們繞著長滿黑莓的樹叢，你追我，我追你，玩得又累又渴。
於是他們跳到水邊，喝一些清涼的泉水。

喝一喝，黑兔突然坐著不動了，看起來很憂愁的樣子。

「你怎麼了？」白兔問他。
「沒什麼，我在想事情。」黑兔回答。

接著，他們玩跳遠，跳過一叢又一叢白雛菊；他們玩賽跑，在幸運草間鑽來鑽去。

白兔喊說：「我肚子餓了！」
於是他們暫停遊戲，一起吃蒲公英，吃了好多好多。

吃一吃，黑兔突然坐著不動了，看起來很憂愁的樣子。

「你怎麼了？」白兔問他。
「我在想事情。」黑兔回答。

白兔問：「你都在想什麼事情呢？」
「在想我的願望。」黑兔說。

「願望？什麼願望？」白兔問。
「我的願望，就是希望可以永遠，永遠，
和你在一起。」黑兔回答。

白兔睜大了眼睛，很用心的想了想。

然後，她跟黑兔說：「那你要更用心、更用心的想才行喔！」

黑兔睜大了眼睛，很用心的想了想。

「我希望和你永遠，永遠，在一起！」黑兔說。

「你真的希望這樣？」白兔問。
「我真的希望這樣。」黑兔回答。
「那我答應你，永遠，永遠，和你在一起！」

黑兔問：「永遠，永遠？」
白兔回答：「永遠，永遠！」

白兔伸出她柔軟的雙手，黑兔將白兔的手緊緊
握住。

他們摘了一些蒲公英，插在耳邊。

森林裡其他的兔子，全都來看這兩隻兔子
有多幸福。
大家繞著黑兔和白兔，圍成一圈，跳著慶
祝婚禮的舞蹈。

森林裡其他的動物，也一起觀禮，
紛紛獻上祝福。

在暖暖的、亮亮的月光下，大夥兒
一起跳舞，熱鬧了一整個晚上。

就這樣，兩隻小兔子結婚了，在大森林裡
過著幸福快樂的生活。
他們每天一起吃蒲公英，
一起在雛菊叢中跳躍，
一起在幸運草間奔跑，
一起比賽誰先找到橡實。

從此以後，黑兔再也不憂愁了。

作者

哥斯・威廉士 (Garth Williams, 1912-1996)

哥斯・威廉士是享譽全球的童書插畫家，一九一二年出生於美國紐約，一九二二年隨父母移居英國，從英國皇家藝術學院畢業，之後回到美國，從事童書插畫工作，成為二十世紀一顆閃亮的兒童文學之星。

他一生參與創作的童書近百本，作品經常得獎、登上暢銷榜，其中有許多都成為兒童文學經典名著，包括：E. B. 懷特的《一家之鼠——小不點司徒爾特》、《夏綠蒂的網》，羅蘭・英格斯・懷德獲得紐伯瑞兒童文學獎的的西部拓荒故事「大草原上的小木屋」系列，喬治・塞爾登的《時代廣場的蟋蟀》，納塔莉的《橋下一家人》，以及《等待月圓的時刻》、《毛茸茸的一家》等，都是由他繪圖、相當受到歡迎的作品。

威廉士希望透過他的圖畫，喚起兒童的幽默感、對生命的熱情、對世界的好奇。他筆下的老鼠、兔子、豬、蟋蟀、蜘蛛、熊、貓……，無不成為兒童的好朋友。他自己也獨立創作了幾本童書，其中《兔子的婚禮》是一部歷久彌新的雋永之作，筆觸生動、內容溫暖，在一九五八年推出時，就登上了《紐約時報》排行榜。時至今日，兩隻可愛、溫柔的小兔子的「愛的故事」，仍然深深觸動著世界各地讀者的心弦，年復一年的，把愛的種子撒向全世界。

譯者

馮季眉

國立臺灣師範大學國文系畢業，國立政治大學管理碩士。資深兒童文學工作者，長期從事兒童報刊圖書編寫與兒少閱讀推廣工作。曾任國語日報總編輯、社長，中華民國兒童文學學會理事長。現任字畝文化社長、步步出版社執行長。

Thinking 052

兔子的婚禮 *The Rabbits' Wedding*

作　　者｜哥斯·威廉士 Garth Williams
譯　　者｜馮季眉

字畝文化創意有限公司
社　　長｜馮季眉
責任編輯｜洪　絹
編　　輯｜戴鈺娟、陳心方、巫佳蓮
美術設計｜張簡至真

讀書共和國出版集團
社　　長｜郭重興　發行人｜曾大福
業務平臺總經理｜李雪麗　業務平臺副總經理｜李復民
實體書店暨直營網路書店組｜林詩富、陳志峰、郭文弘、賴佩瑜、王文賓、周宥騰、范光杰
海外通路組｜張鑫峰、林裴瑤　特販組｜陳綺瑩、郭文龍
印務部｜江域平、黃禮賢、李孟儒

出　　版｜字畝文化創意有限公司
發　　行｜遠足文化事業股份有限公司
地　　址｜231 新北市新店區民權路 108-2 號 9 樓
電　　話｜（02）2218-1417
傳　　真｜（02）8667-1065
客服信箱｜service@bookrep.com.tw
網路書店｜www.bookrep.com.tw
團體訂購請洽業務部（02）2218-1417 分機 1124

法律顧問｜華洋法律事務所　蘇文生律師
印製｜中原造像股份有限公司

出版日期｜2020 年 3 月　初版一刷
　　　　　2023 年 2 月　初版二刷
定　　價｜350 元
書　　號｜XBTH0052
I S B N｜978-986-5505-12-7（精裝）

特別聲明：有關本書中的言論內容，不代表本公司／出版集團之立場與意見，文責由作者自行承擔。